© 2017   Eckhard Duhme
Verlag und Druck   tredition GmbH, Halenreie 40 – 44
                22359 Hamburg

ISBN: 978-3-7439-7731-0 (Paperback)
                978-3-7439-7732-7 (Hardcover)
                978-3-7439-7733-4 (e-Book)

Eckhard Duhme

5 Tage Barcelona

Reiseerlebnisse

Während eines Urlaubs in Spanien machten wir - meine Frau Angelika und ich - einen Tagesausflug nach Barcelona. Angelika war davon so begeistert, dass sie sich wünschte: „Da möchte ich mal für mehrere Tage hin!" Ein wesentlicher Grund dafür war die Tatsache, dass es in Barcelona nicht nur eine schöne Altstadt, die berühmte „Rambla" und andere Flaniermeilen, sondern auch jede Menge Museen gibt, für deren Besuche nun mal mehrere Tage benötigt werden. Nachdem ich den Besuchswunsch ein paar Jahre unerfüllt ließ, überraschte ich meine Frau in diesem Jahr: „Vor 50 Jahren haben wir uns im Oktober beim Tanzen kennengelernt, vor 45 Jahren haben wir geheiratet, ich schenke Dir eine Woche Barcelona!" Die strahlende Umarmung zeigte, dass ich mir damit etwas Richtiges zum Jubiläumsdatum hatte einfallen lassen.

Ich buchte per Internet mal wieder ein gut beurteiltes Appartement, bei dem dieses Mal sogar Frühstück mit angeboten wurde. Per E-Mail nahm ich Kontakt mit dem Vermieter auf. Er teilte mit: „Nehmen Sie vom Flughafen Barcelona aus den Aero-Bus; der fährt bis zum Platz Catalunya. Von dort sind es fünf Minuten bis zur Wohnung. Rufen Sie mich an, wenn Sie gelandet sind und nochmal vom Platz Catalunya aus. Dann erwarte ich Sie an der Haustür."

Auf der Fahrt am Sonntag zum Flughafen Frankfurt ging fast alles gut. Es gab keinen Stau; nur einmal beachtete ich die Ansage der Navi-Frau nicht genau genug und verpasste eine Abfahrt. Na, die Navi-Frau ärgerte sich nicht, sondern führte mich problemlos zurück zu der Abfahrt, dieses Mal dann eben von der anderen Seite aus. So war die Abfahrt ja auch viel besser zu erkennen ...

Am Flughafen lernten wir etwas für uns Neues kennen. Seit etlichen Jahren nutzten wir bei Flügen die Möglichkeit, unser Gepäck schon am Vorabend aufzugeben und dann mittels „Park, Sleep and Fly" am nächsten Morgen ganz entspannt zu starten. Bei der Lufthansa, mit der wir dieses Mal flogen, bestand am Flughafen Frankfurt nun seit einiger Zeit die Möglichkeit, spezielle Gepäckschalter zu nutzen, an denen man das Gepäck selbständig aufgeben konnte, wenn man die passenden Flugscheine schon hatte. Die hatte ich zu Hause am PC ausgedruckt. Jetzt wollten wir diese autarke Gepäckaufgabe mal testen. Wir fanden die Gepäckschalter nach kurzem Suchen und stellten den Koffer - wir hatten nur einen bei uns - aufs Transportband. Er wurde gewogen und lt. Anzeige auf einem PC-Bildschirm für „gut" befunden. Nun musste die Flug-Buchungsnummer an dem dortigen PC eingegeben werden. Umgehend wurde dann ein „Barcelona-Schein" ausgedruckt. Auf dem PC-Bildschirm erschien ein Bild, wie der Schein ordentlich am Haltegriff des Koffers angebracht werden sollte. Das erledigte Angelika. Diesen „Klebevorgang" hatten wir ja schon oft genug beobachtet. Wie vom Computer auf dem Bildschirm angefordert, bestätigte ich ihm per Knopfdruck die Erledigung. Prompt setzte sich das Transportband in Bewegung. „Toll!" stellten wir fest. Wir hatten uns aber „zu früh gefreut". Das Band hielt an, lief rückwärts und brachte den Koffer zurück zum Ausgangspunkt. Der Computerbildschirm meldete: „Koffer zu hoch!" Als wir ihn irritiert vom Band nahmen, sahen wir, erst jetzt, eine Markierung: „Maximale Kofferhöhe". Tja, wir hatten ihn senkrecht auf das Band gestellt; so ragte er über die Max-Markierung hinaus. Okay, wir legten den Koffer nunmehr seitlich auf das Band - er passte, blieb eindeutig unter der Höhenlinie. Wir starteten den ganzen Ablauf neu und der Koffer entschwand unseren gespannt schauenden Augen. „Wieder was gelernt", waren wir zufrieden.

Im Hotel wurden wir gefragt, wann wir denn am Montag zum Flughafen gebracht werden wollten. Ich wählte das Shuttle-Angebot „10:00 Uhr". Angelika meinte zwar, eine halbe Stunde früher wäre doch wohl sinnvoller, aber ich argumentierte: „Der Koffer ist doch schon aufgegeben. Der Start ist für 11:05 Uhr vorgesehen. Die Fahrt zum Flughafen dauert zehn Minuten. Wir haben also reichlich genug Zeit zum Einchecken." Völlig überzeugt war meine Frau von der Zeitrechnung nicht.

Am Montagmorgen standen wir um 08:30 Uhr auf, duschten und frühstückten „in aller Ruhe" und gingen gut gelaunt um 09:55 Uhr zum Shuttle-Bus. „Na prima, der steht da schon abfahrbereit", stellte ich fest. Er fuhr dann zwar erst um 10:05 Uhr los, aber wir hatten nach meiner Rechnung ja eh genug Zeit. Daran änderte auch die Tatsache, dass die Fahrzeit 15 statt der kalkulierten 10 Minuten dauerte wenig. Die fünf Minuten „Mehrfahrzeit" ergaben sich, weil noch zu einem anderen Hotel gefahren wurde und dort weitere Reisewillige einstiegen. Als wir um 10:21 Uhr die Flughalle betraten, staunten wir, wie voll es dort war. Meine Überlegung, nach Ende der Herbst-Schulferien zu starten, hatten offensichtlich andere auch angestellt. Und außerdem hasteten viele Geschäftsleute durch die Flughafenhalle. Zunächst stellten wir dann auf der großen Anzeigetafel fest, dass der Abflug nach Barcelona von Gate A32 nach Gate A8 verlegt worden war. Na, solch eine Änderung war ja nichts Außergewöhnliches. Doch dann wurden wir reichlich geschockt: Vor den Sicherheitsschaltern standen hunderte Menschen in acht parallel verlaufenden Reihen. Auf einem Bildschirm stand: „Wartezeit ca. 15 Minuten". Nur ganz langsam ging es in der Warteschlange weiter, mal 20 Meter links, mal 20 Meter rechts herum. Vor uns schimpfte ein Mann im Anzug: „So etwas habe ich hier noch nie erlebt. Die haben offensichtlich viel zu wenige Schalter geöffnet!" Meine Blicke auf die Uhr nahmen ständig zu. Natürlich bekam ich auch noch zu hören: „Ich habe doch gesagt, dass die Abfahrt am Hotel um 10:00 Uhr zu riskant ist!" Um 10:43 Uhr waren wir in Reihe 3 angekommen. Das „Boarding" war ab 10:35 Uhr vorgesehen. Ich sagte:

„Wir müssen schneller vorankommen. Wir klettern jetzt unter der Absperrung durch." Den ersten Mann, den ich in Reihe 2 fragte, ob er uns vorlassen könnte, erteilte uns ein klares „Nein!" Das ihm folgende Ehepaar zeigte aber Verständnis - so waren wir in Reihe 2. Sofort sprach ich ein Paar in der Reihe 1 an: „Entschuldigung, unser Flieger geht gleich, dürfen wir vor?" Erneut unterwanderten wir die Absperrung und die Reihe 1 war geschafft. Ob hinter uns welche über das Vordrängeln schimpften? Wir bekamen es vor lauter Aufregung nicht mit; es wäre mir aber auch egal gewesen.

Es waren nur vier Sicherheitsschalter in Betrieb. Wir entschieden uns natürlich für den, vor dem die wenigsten Passagiere warteten. Es war aber „wie bei Aldi an den Kassen" - an anderen Schaltern ging es zügiger voran. Bei einer Person vor uns gab es irgendein Kontrollproblem. Als wir endlich an der Reihe waren und mir gesagt wurde, auch den Hosengürtel in die Gepäckschale zu legen, war das für meine Stimmung nicht förderlich. Angelika war sowieso „völlig fertig". Immerhin gab es bei unserer Kontrolle keine Probleme. Während ich mich mühte, den Hosengürtel einzufädeln, versuchte ich, meine Frau etwas zu beruhigen: „Die fliegen jetzt nicht ohne uns ab. Du weißt doch, dass zunächst die Namen der fehlenden Passagiere dreimal noch aufgerufen werden." „Hoffentlich ist es bis Gate A8 nicht noch zu weit." Als wir uns ihm im Eilschritt näherten, wurden gerade einige Namen per Lautsprecher aufgerufen.

War unserer dabei? Uns irritierte nicht, dass viele Menschen dort wartend saßen und standen, die waren wohl schon für den nächsten Flieger parat. Wir hasteten zum Schalter und legten der Dame in der Lufthansakleidung unsere Flugscheine vor. Sie schaute kurz darauf und sagte: „Ihren Namen habe ich doch gar nicht aufgerufen." „Wir möchten aber gerne noch mit nach Barcelona." „Das möchten alle hier. Wir haben etwa eine halbe Stunde Verspätung. Das Boarding hat noch nicht angefangen." Ich hörte den „Stein der Erlösung" bei Angelika nach unten plumpsen. Als ich sagte: „Siehst Du, 10:00 Uhr Abfahrt am Hotel hat völlig gereicht, wir hätten uns nicht mal vordrängeln müssen", erhielt ich einen Blick, der mehr als Worte sagte.

Wir landeten mit etwa 45 Minuten Verspätung in Barcelona. Meine Feststellung: „Schade, dass es nicht drei Stunden Verspätung sind, dann hätten wir Anspruch auf 500 €", fand Angelika nicht witzig. Sie freute sich aber, als wir im Flughafengebäude umgehend den Touristen- „I" Schalter fanden. Dort konnten wir die von mir per Internet von zu Hause aus schon bestellten „Barcelona-Cards" abholen. Eine Karte ermöglichte die freie Nutzung aller Busse und Metros im Stadtbereich, eine zweite Karte den freien Eintritt bei zahlreichen Museen. Ich hatte sie für vier Tage gekauft. Wir erhielten außerdem eine Broschüre mit Informationen, welche Geldvorteile die Karten außerdem boten, wo man Prozente beim Einkauf oder Essen bekommen könnte.

Die Karten galten nicht für die Nutzung des „Aero-Busses", den unser Vermieter uns empfohlen hatte. Die Busse standen direkt am Ausgang des Flughafengebäudes und fuhren im 5-Minutentakt. Die Fahrt bis zum Catalunya-Platz kostete 5,90 € / Person; sie dauerte, wie sich herausstellte, ca. 30 Minuten. Als der Bus abfuhr, rief ich, wie vereinbart, unseren Vermieter, Sergio, an. Die Verbindung war allerdings so schlecht, dass ich nicht verstand, was er sagte. Na, wichtiger war ja auch, dass er sich nun auf unser Kommen einstellen konnte. Später erfuhr ich, dass er wegen der Verspätung schon etwas verunsichert gewesen war. Wir genossen vom Bus aus die ersten Blicke auf die Stadt. In Anbetracht des hohen Verkehrsaufkommens waren wir froh, nicht selber mit einem Auto fahren zu müssen.

Nach Ankunft am Catalunya-Platz war das Telefonat mit Sergio kurz: „We arrived at Catalunya-Station now." „Okay, I'm here, see you soon." Der Weg zur notierten Adresse dauerte, mit rollendem Koffer, tatsächlich nur fünf Minuten. Sergio stand an der Haustür und begrüßte uns fröhlich winkend. Er war ein braun gebrannter junger Mann, geschätzt so um die 40 Jahre alt. Das Haus war ein sechsstöckiger Altbau, hatte aber einen Aufzug. Dessen Handhabung erklärte Sergio uns sogleich: „Wenn der Aufzug kommt, müssen Sie warten, bis der Hebel, den Sie dort sehen, sich nach vorne neigt. Erst dann lässt sich die Eisengittertür nach außen öffnen. Danach drücken Sie die zwei Fenstertüren nach innen auf. Nach dem Einstieg müssen Sie zuerst die Eisengittertür ziehen, bis sie ins Schloss fällt. Dann schließen Sie die zwei Fenstertüren. Okay? Wir fahren bis zur vierten Etage." Erklärt wurde das Ganze auf Englisch und durch begleitende Zeichensprache.

Die Fahrtzeit bis zum vierten Stock nutzte Sergio, um uns zwei Schlüssel zu geben: „Der größere ist für die Haus-, der kleinere für die Wohnungstür." Als wir davor standen forderte er mich auf, die Tür aufzuschließen. „Dann wissen wir beide schon, ob es funktioniert." Nach Durchschreiten einer kleinen Diele kamen wir ins Wohnzimmer, das den Fotos im Internet entsprach. Angelika äußerte spontan: „Ja, schön ist es hier!" Dann stockte uns der Atem. Sergio sagte: „Hier und im Raum rechts hiervon wohne ich, Ihr Schlafzimmer ist dort links hinter der Tür." Wie bitte? Sergio wohnte hier auch? Ich hatte doch ein Appartement gebucht, bei dem besonders das Wohnzimmer auf den Fotos einen so guten Eindruck gemacht hatte. Sergio erläuterte weiter: „Dort ist der Frühstücksraum, den Sie natürlich auch sonst zum Relaxen gerne nutzen können." Es war ein großer, mit mehreren Schiebetüren verglaster Balkon, der „Wintergartenatmosphäre" hatte. Sergio pflegte offensichtlich die zahlreichen Balkonpflanzen. Ein Zweier-Sofa sah gemütlich aus. Auf dem Tisch davor konnte man sich gut Rotweingläser und Knabbersachen vorstellen. Auf einem Sideboard standen auch schon Rotweinflaschen parat. Sergio verwies auf einen Kühlschrank, in dem Kaltgetränke vorhanden waren. „Hier liegt eine Preisliste, in der Sie bitte notieren, wenn Sie etwas nutzen. Dort an dem großen Tisch serviere ich Ihnen das Frühstück. Wissen Sie schon, wann Sie frühstücken möchten? Es reicht aber auch, wenn Sie es mir jeweils abends sagen." „Wir möchten gerne täglich um 08:30 Uhr frühstücken. Geht das?" „Ja, selbstverständlich, das ist eine gute Zeit." „Haben Sie noch Fragen?" „Im Moment nicht." „Ein Hinweis noch: Im Haus finden zurzeit Renovierungsarbeiten statt; es kann mal Baulärm geben."

Als wir in „unserem" Schlafzimmer waren, fragte Angelika leise: „Was hast Du denn gebucht? Wieso wohnt Sergio hier auch?" „In der Überschrift stand: 2 Schlafzimmer, 2 Badezimmer, dann folgten Bilder des Wohnzimmers. Ich bin davon ausgegangen, dass wir ein sehr großes Appartement zur Verfügung haben. Na, das mit dem Baulärm kann ja auch noch heiter werden. Es wird mit der Vermittlungsagentur wohl einen Rechtsstreit geben." „Vielleicht hast Du was überlesen oder nicht genau genug." „Das muss ich in Ruhe zu Hause klären. Komm, wir packen mal erst den Koffer aus und gehen los." Im dreitürigen Schrank war genug Platz für unsere Kleidung. Im Unterschied zu manchen Hotelschränken waren auch reichlich Bügel vorhanden. Das Badezimmer war „wie beschrieben" ausgestattet, mit Fenster, Wanne, Hand- und Badetüchern, Duschgel, Föhn sowie Wandschrank mit Licht und Steckdose.

Als wir losgingen, saß Sergio im Wohnzimmer auf dem Sofa und schaute Fernsehen. Ich fragte: „Gibt es auch deutsche Programme?" „Nein, nur spanische. Haben Sie einen Rechner oder ein Tablet mit? Auf dem Sideboard im Schlafzimmer liegt ein Zettel, auf dem die WiFi-Angaben stehen. Sie haben kostenlosen Internetanschluss." Tatsächlich hatten wir ein vor kurzem gekauftes Tablet mitgenommen, das aber bisher noch nie außerhalb unseres Hauses benutzt. Zu Hause war es in das „Haussystem" eingebunden. Wie wir nun hier „WiFi" zu handhaben hatten, wussten wir nicht. Immerhin funktionierte das „Aufzugsystem" auf Anhieb. Als wir nach unten fuhren, wurde irgendwo im Haus mit Bohrarbeiten begonnen. Wir brauchten dringend „frische Luft"; die Sonne schien am strahlend klaren Himmel, es war 23 Grad warm.

In Barcelona hatte es in letzter Zeit zwei Ereignisse gegeben, die das Auswärtige Amt veranlassten, Besucher zu besonderer Vorsicht aufzufordern: „Meiden Sie Menschenansammlungen!" Bei einem Terroranschlag am 17. August fuhr ein Attentäter mit einem Lieferwagen durch eine Menschenmenge auf dem Boulevard La Rambla. Dabei wurden 14 Menschen getötet und 118 Menschen verletzt. Nach dem Attentat war Angelika verständlicherweise verunsichert und stellte unsere Reise in Frage. Ich argumentierte: „So etwas passiert nicht so schnell wieder an derselben Stelle. Es hört sich zwar irgendwie makaber an, aber wir haben Glück gehabt, dass das Attentat jetzt schon passiert ist, sonst hätte es uns auf der Rambla vielleicht auch treffen können." Im September kam es dann bei Demonstrationen für die Abspaltung Kataloniens von Spanien zu Ausschreitungen, bei denen die Polizei Gummigeschosse einsetzte. Per Mail hatte ich zum Thema „Demonstrationen" unseren Vermieter nach seinen Erfahrungen gefragt. Er hatte geantwortet: „Das ist alles gar nicht so schlimm hier. Die Fernsehsender bringen besonders Spektakuläres. Keiner meiner Mieter hat aktuell Probleme damit."

Der Boulevard La Rambla beginnt am Catalunya Platz. Bis dahin benötigten wir, auch ohne Koffer, fünf Minuten. Wir sahen, dass die Fußgängerzone durch zwei querstehende Polizeiwagen abgesichert war und mehrere bewaffnete Polizisten gut sichtbar patrouillierten. Ansonsten aber herrschte „buntes Treiben" auf der Rambla. Wir spazierten darauf etwa 250 Meter und bogen dann zur Altstadt in Richtung Kathedrale ab. „Was hältst Du von Cappuccino und Eis?" fragte Angelika. „Ja, das haben wir uns jetzt verdient." Nachdem wir einige Zeit beim Bummeln überhaupt kein Eis-Café sahen, kamen plötzlich mehrere in kurzen Abständen. Wir entschieden uns für eines, das nicht leer („Da ist es wohl nicht so gut."), aber auch nicht zu voll („Da ist die Wartezeit zu lange.") war. Die Auslastung spiegelte die Qualität wider - Cappuccino und Eis waren „in Ordnung", aber nicht Spitze. „Beim nächsten Mal nehmen wir wohl doch besser längere Wartezeiten in Kauf."

Die Kathedrale war von außen „beeindruckend".
Irgendwo hatte ich gelesen: eines der schönsten
gotischen Bauwerke Barcelonas. Als wir uns ihr
näherten, wunderten wir uns, wieso etliche Touristen
nach einem Gespräch mit einem Mann, der an einer
Absperrung stand, nicht in die Kathedrale gingen.
„Ob gerade Gottesdienst ist?" Wir erfuhren dann

aber einen anderen Grund: „Eintritt kostet 7,00 € pro Person." „Och nö, das überlegen wir uns nochmal, ob wir 14,00 € für einen Kirchenbesuch ausgeben." Was uns der Mann nicht sagte und was auch nirgendwo stand, war die Tatsache, dass man die Kathedrale vormittags kostenlos betreten konnte. Das las ich erst nach Rückkehr zu Hause am PC.

Wir bummelten weiter kreuz und quer durch die Altstadt und dann über die Rambla zurück zum Platz Catalunya. Dort machten wir noch einen kleinen Rundgang durch das Kaufhaus El Corte Inglés, kauften schließlich Sandwiches, eine Flasche Rotwein und ein paar Knabbersachen. Als wir am frühen Abend zu Sergios Wohnung zurückkamen, war er nicht zu Hause. Die Handwerker hatten offensichtlich Feierabend; es war im Haus kein Baulärm zu hören. Wir wollten den Abend gemütlich im „Wintergarten" genießen. Na, das Zweier-Sofa war durchaus bequem, der Rotwein schmackhaft, aber lautes Kindergejohle störte die Idylle. Ein Blick nach draußen ergab, dass unten im Hof drei kleine Spielfelder für Fußball, Handball und Basketball waren, auf denen intensiv gespielt wurde. Angelika äußerte: „Kindergejohle ist kein Ruhe störender Lärm, sondern Ausdruck von Lebensfreude." Ich beobachtete ein paar Minuten das Basketballspiel. Mir fiel dabei aber kein besonders erfolgreiches Talent auf. Bis genau 21:30 Uhr wurde gespielt; dann wurde es ruhig.

Ruhig verlief auch die Nacht. Die Matratzen waren „ganz in unserem Sinne" recht hart. Wir hatten vom Verlauf des Tages und genossenen Rotwein genügende Bettschwere. Um 08:30 Uhr waren wir erstaunt, dass „zum Frühstück gedeckt" war. Wir hatten Sergio weder in der Nacht nach Hause kommen noch am Morgen das Frühstück machen hören. Es war schön dekoriert und vieles „wie im Hotel" vorhanden: Toast, Butter, Wurst, Marmelade, Joghurt, Cornflakes, Obst, Orangensaft, Kaffee, Tee, Milch und Zucker. Wir ließen es uns schmecken. Zwischendurch kam Sergio und fragte (wie im Hotel), ob alles in Ordnung wäre.

Angelika hatte für heute, Dienstag, einen Wunsch: „Als erstes möchte ich das naturwissenschaftliche Museum CosmoCaixa (Anm.: Das schreibt sich so.) besuchen. Das möchte ich in Barcelona auf jeden Fall sehen und heute ist wieder Sonnenscheinwetter. Wer weiß, ob das Wetter so gut bleibt. Der Eintritt ist mit der Barcelona-Card frei. Ich habe auch schon notiert, wie wir dahin kommen: vom Platz Catalunya mit der Metro L7 mehrere Stationen und dann in die Buslinie 196 umsteigen." Am Platz Catalunya gab es mehrere Metro-Stationen; wir benötigten etwas Suchzeit, um die richtige zur L7 zu finden. Nachdem wir die Treppen „in die Unterwelt" geschafft hatten, versperrten Drehkreuze und Glastüren den Zugang zu den Gleisen. Um freien Durchgang zu bekommen, mussten „Berechtigungskarten", für uns also die Barcelona-Cards, gescannt werden. Ich hielt ein rot leuchtendes Glas für den Scanner und legte meine Karte darauf - es tat sich nichts. Dann beobachtete ich rechts am benachbarten Durchgang, wie es denn die Einheimischen praktizierten. Aha, die Karte musste vorne in einen Spalt gesteckt werden und kam aus dem Spalt, der sich hinter dem rot leuchtenden Glas befand, heraus. Das funktionierte auch mit meiner Karte. Nanu, meine Frau hatte das links von mir auf Anhieb richtig gemacht und wartete schmunzelnd schon auf mich. Na, sie hatte ja auch das Interesse an dem Technikmuseum.

Das Museum CosmoCaixa (sprich "caischa") ist mit über 30.000 m² eines der größten Museen in Spanien. Es wurde für 100 Millionen Euro erbaut, 2005 eröffnet und zählt zu den angesehensten Wissenschaftsmuseen in Europa.

Im Eingang wird man von den Herren Einstein und Darwin sowie Madame Curie begrüßt.

Es geht nicht darum, Dinge anzuschauen, sondern vieles aktiv auszuprobieren. An mehreren hundert Experimenten sind physikalische, chemische, mathematische, geologische und technische Zusammenhänge zu sehen - man muss nur wissbegierig genug sein. Allerdings sorgt auch der in jedem vorhandene „Spieltrieb" dafür, dass man dreht, drückt und schaut.

Nach etwa zwei Stunden „naturwissenschaftlicher Fortbildung" wollten wir abschließend noch das Planetarium des Museums besuchen. Dessen Türen öffneten sich gerade für Schulklassen. „Komm, da gehen wir mit rein", sagte ich. Als wir nach freien

Plätzen Ausschau hielten, kam ein Mitarbeiter und fragte etwas auf Spanisch. Als wir baten, es englisch zu formulieren, erklärte er uns höflich, dass es sich um eine Sonderveranstaltung für spanische Schulklassen handelte, wir gerne am Nachmittag nochmal kommen könnten. Meinen Hinweis, dass ich doch auch mal Schüler gewesen wäre, nahm er lächelnd zur Kenntnis: „Aber nicht in Spanien!?"

Wir fuhren zurück zum Platz Catalunya. „Und was machen wir jetzt?" fragte Angelika. Ihr Hauptwunsch war nun ja erfüllt. „Wir geben 14,00 Euro für die Kathedrale aus. Wenn wir schon in Barcelona sind, müssen wir die doch besichtigen." Tja, von außen war sie beeindruckend - vom Inneren aber waren wir enttäuscht; wir hatten schon schönere Gotteshäuser besichtigt. „Na, wir haben 14,00 Euro zum Unterhalt beigetragen." „Ob wir dafür eine Spendenquittung bekommen können?" „Nee, aber eine Menü-Karte wäre jetzt gut, ich habe Hunger." In einem kleinen Restaurant, in dem wir neben einigen Spaniern vermutlich die einzigen Touristen waren, aßen wir „Paella"; das „musste" in Spanien doch sein. Und der anschließende Cappuccino war auch noch lecker.

Im Restaurant hatte ich meine Frau gefragt: „Was steht denn nun als Nr. 2 auf Deiner Wunschliste?" „Der Besuch des Museums CaixaForum (Anm.: Das schreibt sich so.) Es besitzt eine der bedeutendsten Sammlungen zeitgenössischer Kunst in Europa. Mehr als 800 Exponate bekannter Künstler sind da zu sehen und es werden wechselnde Ausstellungen zeitgenössischer Kunst gezeigt. Zurzeit sind Werke von Andy Warhol ausgestellt." Wir machten uns schlau, wie man zu dem Museum kommen konnte. Das las sich recht einfach: mit einer Metro vom Platz Catalunya zum Platz Espanya fahren und von dort ein paar hundert Meter zu Fuß absolvieren. Nun, die Sonne schien weiterhin, ich hatte nichts anderes vor, also machten wir das so. Warhol-Bilder fand ich ja durchaus auch interessant. Und mit Barcelona-Card war der Eintritt erneut frei.

Bei der Metrostation am Platz Catalunya fuhr gerade in dem Moment, als wir unten ankamen, eine Bahn ein. Na, das war doch prima. Nach Einstieg sahen wir, dass leider kein Sitzplatz frei war; wir blieben im Bereich der Tür stehen. Ich schaute auf das oberhalb der Tür angebrachte Streckennetz und stellte fest: „Wir sind falsch, wir müssen in die andere Richtung fahren, los, raus!" In dem Moment ertönte schon das „Warnsignal", dass die Türen geschlossen wurden. Ich schaffte den Ausstieg problemlos, aber Angelikas rechter Arm wurde von der sich schließenden Tür schmerzhaft getroffen. Ihre Diagnose ergab: „Nicht gebrochen, kein Blut." Aber sofort war deutlich zu erkennen, dass sie einen Bluterguss bekommen würde. Nachdem sie sich beruhigt hatte, sagte sie: „Also, wenn es uns passieren sollte, dass wir beim Aussteigen in einer Metro getrennt werden, treffen wir uns an der nächsten Station, einer fährt bis dahin weiter, der andere kommt nach." Diesen durchaus sinnvollen Vorschlag mussten wir dann jedoch nicht ausprobieren.

Plötzlich wurden wir von einer jungen, spanischen Frau deutsch angesprochen: „Ich habe gehört, dass Sie sich auf Deutsch unterhalten. Kann ich Ihnen irgendwie helfen?" „Wir wollen zum Platz Espanya, sind aber in die falsche Richtung eingestiegen." „Ja, kommen Sie, ich fahre in dieselbe Richtung, wir müssen auf die andere Seite." Unser Staunen, dass die Frau so gut Deutsch sprach, erklärte sie uns dann unterwegs: „Ich studiere Deutsch, mag Ihre Sprache, auch wenn sie schwer ist, mit der, die, das und so. Ich möchte Korrespondentin werden, benötige sechs Semester Deutsch, bin im dritten Semester und bereite mich auf eine wichtige Zwischenprüfung vor." Ich sagte: „So gut wie Sie sprechen, bestehen Sie die Prüfung." „Sprechen ist eine Sache, schreiben noch eine andere." „Damit haben manche Deutsche auch so ihre Schwierigkeiten."

Beim Einsteigen in die Metro Richtung Platz Espanya wurde Angelika ein wenig von einer kleinen, älteren Frau angerempelt. Sofort warnte die Studentin: „Achten Sie auf Ihre Handtasche! Haben Sie auch sonst alle Taschen zu?" Angelika und sie setzten sich nebeneinander und unterhielten sich noch ein wenig. Als die Studentin an der Station „Universitat" ausstieg und der Platz frei wurde, wollte sich die kleine, ältere Frau dort hinsetzen, aber eine andere Frau war schneller. Sie tippte Angelika an, zeigte auf die ältere Frau und bewegte ihren Zeigefinger hin und her. Angelika verstand: „Achtung, die nicht, das ist wahrscheinlich eine Taschendiebin." Auf dieses „Barcelona-Problem" hatte uns am ersten Tag auch Sergio schon hingewiesen.

Vom Platz Espanya waren es keine zehn Minuten Fußweg bis zum CaixaForum.

Das Museum machte von außen nicht den Eindruck, dass es „so bedeutsam" war. Angelika klärte mich auf: „Das Gebäude war vorher eine Textilfabrik." Tja, die Kathedrale machte von außen Eindruck und enttäuschte innen – hier beim CaixaForum war es umgekehrt. Allein die „Warhol-Ausstellung" war schon sehenswert.

Aber auch die Bilder des italienischen Malers Giorgio de Chirico, die aktuell ausgestellt waren, faszinierten. Dabei lernte ich: „Hauptvertreter der Metaphysischen Malerei, ein Vorläufer des Surrealismus". Zuvor hatte ich weder den Namen des Malers noch etwas von seiner Art der Malerei gehört.

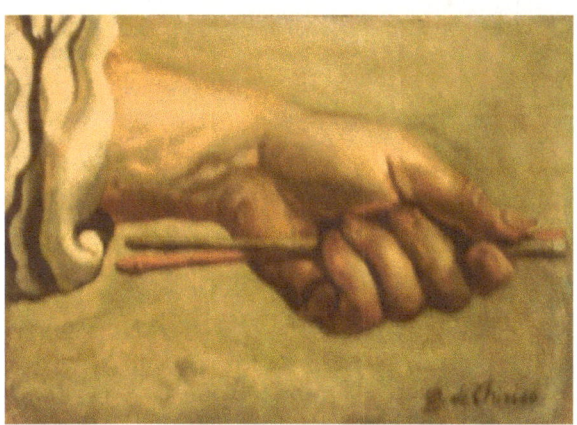

Es war 16:47 Uhr, als wir das Museum verließen. Mit CosmaCaixa, Kathedrale und CaixaForum hatten wir heute eigentlich schon genug „Barcelona-Kultur" erlebt, aber das herrliche Sonnenscheinwetter sorgte für noch weiteren Tatendrang. Auf dem Weg zum Forum war uns ein großes Gebäude mit Säulen und Springbrunnen davor aufgefallen:

Ich sagte: „Komm, wir schauen mal, was das ist." „Das ist MNAC, das Nationale Kunstmuseum von Katalonien" wusste Angelika schon Bescheid. Sie hatte sich ja intensiv auf unseren Barcelona-Besuch vorbereitet. Dementsprechend wusste sie auch: „Das hat täglich bis 18:00 Uhr geöffnet. Mit unserer Barcelona-Card ist der Eintritt frei." „Okay, dann haben wir, wenn wir uns sputen, etwa noch eine Stunde Zeit für die Besichtigung." Wir legten den

„Schnellgang" ein. Über etliche Treppenstufen ging es steil bergauf. Es gab sogar einige Rolltreppen, aber auf denen ruhten wir uns nicht aus, sondern nutzten sie zum zügigen Vorankommen. Aus der Nähe machte das Museum einen „majestätischen" Eindruck.

Der Palast war ursprünglich der spanische Pavillon der Weltausstellung von 1929. Nach umfangreichen Renovierungsarbeiten wurde er im Jahr 1997 wieder eröffnet. Es gibt romanische (Fresken) und gotische (Tafelmalerei) Kunst sowie Sammlungen des Barock und der Renaissance zu sehen. Wir waren zunächst von der Größe und Gestaltung eines Innenraumes beeindruckt.

Die Fresken und die Tafelmalerei interessierten uns, da wir nur eine Stunde Zeit hatten, nicht besonders; in den Räumen schritten wir zügig voran. Dann aber nahmen wir uns Zeit, zum Beispiel für:

Leider kam die Besucher-Lautsprecherdurchsage: „Begeben Sie sich bitte zum Ausgang, wir schließen in wenigen Minuten."

Für Angelika stand sofort fest: „Hier müssen wir noch einmal hin!" Ja, das konnte ich gut nachvollziehen.

Jetzt hatten wir es nicht mehr eilig und konnten den „Abendblick" auf Wasserfall, Säulen, Springbrunnen und Barcelona in Ruhe genießen:

Auf dem Weg zurück zum Platz Espanya kamen wir an einem großen Zelt mit folgender Reklame vorbei: „16. bis 22.10.2017 Oktoberfest". Aus dem Zelt war laut bayrische Unterhaltungsmusik zu hören. Tja, in Barcelona gab es „für jeden Geschmack" etwas...

Am Platz Espanya fiel uns noch besonders der große Rundbau „Arenas de Barcelona" auf. Wir sahen, dass man mit einem gläsernen Aufzug, der außen an dem Gebäude angebracht war, bis zum Dach hochfahren und dort herumlaufen konnte. Ich sagte: „Das war offensichtlich mal eine Stierkampfarena. Oben vom Dach hat man wahrscheinlich einen guten Rundblick über die Stadt. Aber wie wird das Gebäude wohl sonst noch genutzt?" „Das werde ich heute Abend nachlesen", erwiderte Angelika. Und ich schlug vor: „Morgen Vormittag fahren wir wieder hierher, fahren auf das Dach hoch, sehen uns das Arenagebäude, wenn es geht, auch noch von innen an. Anschließend gehen wir dann nochmal in das Museum." Damit war Angelika sofort einverstanden.

Sie fand heraus, dass die „Arenas de Barcelona" seit 2011 ein Einkaufszentrum war. Na, das mussten wir uns doch ansehen.

Am nächsten Vormittag fuhren wir nicht mit dem gläsernen Aufzug auf das Dach, sondern betraten das Gebäude durch den „Haupteingang". Laut der von Angelika gelesenen Beschreibung sollten hier auf sechs Etagen Geschäfte, Kinos, Restaurants und eine Veranstaltungshalle sein. Unsere Erwartungen waren dementsprechend hoch. Ja, im Erdgeschoß waren mehrere Geschäfte, keine für „Luxuswaren", sondern eher für den „kleineren Geldbeutel". Mit Rolltreppen ging es die sechs Etagen nach oben. Irgendetwas Attraktives sahen wir dabei nicht, mal davon abgesehen, dass auf einer Etage Kinos mit einer Vielzahl von Säalen Reklame machten. Etliche „Leerstände" dokumentierten, dass es wohl einige Probleme gab. Ob die Mieten zu hoch waren? Auf der sechsten Etage und oben auf dem Dach reihten sich Restaurants und Imbisse aneinander, einfacher und teurerer Art, mit spanischen, italienischen, indischen, chinesischen, thailändischen und auch amerikanischen Angeboten - eine Speisekarte mit speziell deutschen Gerichten sahen wir nicht. Vom „Einkaufszentrum" waren wir enttäuscht, nutzten aber natürlich noch den Rundgang auf dem Dach. Anders als beim Blick am Vorabend vom Museum sah Barcelona nicht aus. Mit dem gläsernen Aufzug fuhren wir nach unten.

Wir machten uns auf den Weg zum Museum, dieses Mal ohne zu hetzen. Erneut waren wir von der gesamten Anlage, besonders vom Springbrunnen beeindruckt.

Da wir die Treppen „in Ruhe" hochstiegen und die Rolltreppen „normal, also rechts stehend" nutzten, kamen wir heute ohne Schweißperlen auf der Stirn am Museum an. Na, es war ja auch nicht so warm wie gestern, sogar ziemlich bewölkt.

Im Museum „verfinsterte" sich unsere Stimmung. Zwar sahen wir zunächst noch drei Räume mit recht interessanten Bildern, aber die Räume, in denen Bilder einer Thyssen-Stiftung sowie von El Greco und Velázquez sein sollten, waren für längere Zeit „wegen Renovierungen" geschlossen. Okay, die Hinweisschilder darauf hätten wir wohl gestern schon lesen können, aber da fehlten uns ja Ruhe und Zeit. „Gut, dass wir freien Eintritt hatten", stellte ich fest.

Bei diesen zwei Enttäuschungen (Einkaufszentrum und Museum) blieb es an diesem Tag nicht. Als wir am Platz Catalunya die Metrostation verließen, begann es zu regnen. Zu Hause in Deutschland hatte ich für unsere Urlaubswoche das „Barcelona-Wetter" im Internet abgerufen: „Sonnenschein, 23 Grad". Wir hatten dementsprechend keine Regenschirme mitgenommen. Tja, jetzt mussten wir sie hier kaufen. Schon boten Straßenhändler welche an. Angelika sagte: „Ich weiß, wo es gute preisgünstig gibt." Wir bemühten uns, unter Dächern und Vorbauten einigermaßen trocken zu dem Geschäft zu kommen. An der von meiner Frau erwarteten Stelle gab es aber keine Schirme. „Dann gehen wir zu El Corte Inglés, da gibt es bestimmt welche", gab sie die neue Marschrichtung vor. „Bis dorthin werden wir aber wohl reichlich nass werden. Vielleicht sollten wir doch Angebote eines Straßenhändlers nutzen." „Nein, ich will was Vernünftiges haben." In dem Moment erledigte sich die Diskussion; am Ein-/ Ausgang des Warenhauses waren Regenschirme ausgestellt. Bei unserem eiligen Betreten des Hauses hatten wir den Ständer übersehen. Für je 12,00 € gab es einen Damenknirps in rot und einen Herrenknirps in blau, beide sogar mit Automatik.

„Und was machen wir jetzt im Regen?" fragte Angelika. „Wir gehen zum Touristikbüro und fragen, wie wir zum Olympiapark kommen. Wenn es dann nicht zu sehr regnet, versuchen wir, uns das Stadion anzusehen. Danach fahren wir weiter mit dem Bus hoch zum Castell de Montjuïc. Dort entscheiden wir wetterabhängig, ob wir aussteigen und spazieren gehen oder sofort mit dem Bus zurückfahren." Der 173 Meter hohe Montjuïc gilt als der Hausberg von Barcelona.

Als der Bus am Olympiastadion hielt, regnete es nicht. Wir stiegen aus und sahen, dass ein Tor zum Stadion geöffnet war. Von dort dröhnte laute Musik. Wir schauten noch, ob man Eintritt bezahlen müsste; das war jedoch nicht der Fall. Wir gingen hinein und sahen, dass auf dem Rasen eine Bühne mit großen Lautsprechern aufgebaut wurde. Die Lautsprecher wurden gerade wohl getestet oder die laute Musik sollte die Bauarbeiter unterhalten. Nun, wir kannten durch Besuche zum Beispiel das Olympiastadion in Berlin, das Fußballstadion in Amsterdam, aus dem Fernsehen die Stadien in München, Dortmund und Schalke - im Vergleich dazu war das Olympiastadion in Barcelona „nichts Besonderes". Es war für uns heute „die nächste Enttäuschung".

Wir gingen zurück zur Bushaltestelle und mussten nicht lange warten. Das war gut so, denn es fing wieder an zu regnen. Wir profitierten erneut von der Barcelona-Card: freie Fahrt bei jeder Tour. Bei der Weiterfahrt kamen wir am „Miro-Museum" vorbei. „Ach, hier ist das. Wir können doch auf der Rückfahrt aussteigen und das Museum besuchen", befand Angelika. „Wenn es nicht zu sehr regnet", schränkte ich ein. An der nächsten Haltestelle wunderten wir uns einen Moment, weil der Busfahrer ausstieg. Dann sahen wir, dass dort ein mobiles „Dixi-Klo" stand und der Fahrer einen Schlüssel dafür hatte. „Das ist für die Busfahrer im Bedarfsfall ja eine sehr praktische Lösung", stellte ich fest. An der Haltestelle „Castell de Montjuïc" wies der Fahrer darauf hin, dass dort „Endstation" war. Da es weiterhin regnete, wollten wir aber nicht aussteigen, sondern gleich weiterfahren. „Dann müssen Sie neu bezahlen." Das war mit der Barcelona-Card für uns ja kein Problem.

Als wir uns der Haltestelle „Miro-Museum" näherten, stellte meine Frau frohlockend fest: „Es regnet kaum noch. Wir können aussteigen!" Na, was sollten wir an solch einem Regentag anderes als einen weiteren Museumsbesuch machen? Gut beschirmt blieben wir auf dem Weg von der Haltestelle bis zum Eingang trocken. Mit einer kleinen Einschränkung lohnte sich der für uns kostenlose Besuch.

Außer solch „typischen" Miro-Bildern bestaunten wir besonders einen großen Wandteppich. Miro hatte, wie zu lesen war, sich mit der Webtechnik befasst, das Muster vorgegeben und Feinheiten, auf die es ihm ankam, selber hergestellt.

In einem anderen Raum fanden wir die Skulpturen „Liebespaar beim Spiel mit Mandelblüten" zum Schmunzeln. Hier im Museum stand eine „kleine", etwa drei Meter hohe Ausfertigung; für Paris wurden sie von Miro zwölf Meter hoch geschaffen.

Welche Einschränkung gab es denn dann bei dem Besuch? Nun, wir hielten uns circa 1 ½ Stunden dort auf, hätten gerne zwei Stunden geschaut, aber es waren drei Räume „wegen Renovierungsarbeiten" geschlossen. Wir hatten also ein „Déjà-vu" - Erlebnis. Zum Ausgleich „musste" Angelika sich im Shop noch ein Buch über Joan Miro kaufen.

Die Zeit im Museum hatten wir auch insofern gut verbracht, weil es inzwischen kräftig regnete. Trotz der Regenschirme kamen wir nicht ganz trocken zur Bushaltestelle. Als ein Bus kam, stiegen wir ein, ohne darauf zu achten, welche Nummer er hatte. Erst drinnen stellten wir fest, dass diese Linie nicht zum Platz Catalunya fuhr. „Das macht nichts", sagte ich. „Der Fahrer weist doch auf Metrostationen hin. Dann steigen wir aus und fahren mit einer Metro weiter." Tja, so geschah es. Das Hinweisschild „Metro" sahen wir auch sogleich, aber bis dahin waren etwa 200 Meter zu absolvieren. Das wäre normalerweise ja überhaupt kein Problem gewesen, aber ein von uns so noch nicht erlebter Wolkenbruch setzte Straßen und Bürgersteige unter Wasser. Fahrende Autos spritzten auch noch Wasser auf den Bürgersteig. Zwar fanden wir schnell einen überdachten Flur zum Unterstellen, aber der „Blick zum Himmel" ließ in absehbarer Zeit keine Wetteränderung erwarten. „Komm, weiter", entschied ich. „Wir sind eh schon durchnässt." Lachend liefen zur Metro-Station.

Auf dem Weg vom Platz Cataluyna zur Wohnung blieb Angelika plötzlich an einem Ständer mit Reklame stehen. Recht erstaunt, vielleicht in der Stimmlage sogar etwas verärgert, fragte ich: „Was soll das denn jetzt?" Meine Frau nahm mehrere Reklameblätter mit: „Das Papier können wir gleich zum Ausstopfen der nassen Schuhe nutzen." „Ach so, ja, gut überlegt!" lobte ich. Als wir in die Wohnung kamen, saß Sergio auf dem Sofa und schaute

Fernsehen. „Oh, sind Sie in das Unwetter geraten? Im Fernsehen haben sie gerade gezeigt, dass es in der Nähe von Barcelona einen Tornado gegeben hat."

Unsere Jeans waren bis zu den Knien „pitschnass". Die Schuhe waren durchweicht. Angelika sagte: „Meine Schuhe sind wohl hinüber, die kann ich weg werfen." „Na, versuchen wir mal erst, sie mit den Reklameblättern zu trocknen." Nachdem die Schuhe damit vollgestopft waren, föhnten wir ausgiebig unsere Hosen. Das dauerte beinahe 45 Minuten. Es war gut, dass jeder eine zweite Hose mitgenommen hatte. Irgendwann hörte es auf zu regnen. Wir gingen zu El Corte Inglés und aßen nochmal Paella.

Am nächsten Morgen hatten wir „Glück", dass wir gegen 09:00 Uhr fertig mit dem Frühstück und somit „Aufbruch bereit" waren; denn die Bauhandwerker im Haus starteten ohrenbetäubende Bohrarbeiten. Da passte es, dass wir früh los wollten. Auf Angelikas „Wunschzettel" stand noch „Besichtigung von Gaudi-Häusern". Gaudi ist der wohl berühmteste spanische Architekt. Wenige Minuten von „unserer" Wohnung entfernt, am „Passeig de Gràcia", gibt es recht teure Geschäfte und zwei berühmte Gaudi-Häuser: Casa Batlló und Casa Milà. Für deren Besichtigungen muss man aber über 20 Euro / Person Eintritt zahlen. Ein weiteres Gaudi-Haus, der Palau Güell, steht in der Nähe der Rambla; da kostet der Eintritt 12,00, mit Barcelona-Card 9,00 Euro. Angelika sagte: „Mich interessieren am meisten die bunten Schornsteine auf dem Dach des Palau Güell. Den Eintrittspreis leisten wir uns, die zwei anderen Häuser sehen wir uns von außen an. Und einen Besuch des Gaudi-Parks lassen wir ausfallen. Da werden derzeit Wasserleitungen repariert, es sind im Park nicht alle Stellen zugänglich; damit haben wir ja in Museen schon genug Erfahrungen gemacht."

Wir bummelten auf dem Passeig de Gràcia an den Schaufenstern der teuren Geschäfte vorbei und bestaunten von außen das Casa Batlló.

Das Casa Milà gefiel uns von außen nicht besonders. Angelika wusste: „Es wird Steinbruchhaus genannt." Das konnten wir nachvollziehen; denn es sah aus wie ein riesiger, farbloser Felsen, in den man Fenster gehauen hatte. Wir konnten nicht verstehen, weshalb es zu den Touristenattraktionen gehörte. Der hohe Eintrittspreis musste dann wohl durch „innere Werte" gerechtfertigt sein.

Wir genossen den Spaziergang auf der Rambla. Einige Minuten hörten wir zwei Straßenmusikern zu. Sie spielten so inbrünstig und gut, dass sie sich eine kleine Spende redlich verdienten.

Beim Palau Güell fanden wir den Begriff „Palast" durchaus zutreffend. Besonders fielen uns zunächst zwei große Tore auf. Per Audioguide mit deutscher Sprache, im Eintrittspreis inbegriffen, erfuhren wir, dass man mit Kutschen ins Haus fahren konnte.

Pferde und Wagen wurden dann nach unten zu den Ställen gebracht, die Menschen gingen über eine prächtige Treppe nach oben. So kamen auch wir in einen 17 Meter hohen Salon, in dem es sehr schöne Wandmalereien und eine Kuppel zu bewundern gab. Im Videoguide wurde auf besondere Möbelstücke hingewiesen: „Sie wurden alle von Gaudi entworfen." Schließlich erreichten wir die Dachterrasse, auf der wir 20 bunte und besonders geformte „Bauwerke" bestaunten, bei denen es sich um Schornsteine und Lüftungsschächte handelte.

Ja, dieses Gaudi-Haus „war sein Eintrittspreis wert".

Wir gingen in die Altstadt und aßen in einem kleinen Restaurant Tapas. „Die müssen wir hier probieren", waren wir uns einig gewesen. Na, wir hätten uns wohl doch ein teureres Restaurant leisten sollen; denn mit den Tapas wurde zwar unser Hunger ein wenig gestillt, aber „etwas Besonderes" waren sie leider nicht. Angelika fand sofort eine „Trostlösung": „Wir genehmigen uns noch Eis und Cappuccino." Als wir am Dienstag hier durch die Altstadt bummelten, hatten wir ein Café gesehen, das fast voll besetzt war, das wir wegen der vermuteten Wartezeit aber nicht ausgewählt hatten. „Das suchen wir jetzt!" Eigentlich waren wir uns ziemlich sicher, wo es in der Nähe des Domes sein müsste, aber wir gingen kreuz und quer durch die Altstadt, ohne es zu finden. „Wir haben jedenfalls noch viel Neues gesehen", stellte ich fest. Schließlich gaben wir die Café-Suche auf - da standen wir plötzlich direkt davor. Wir bestellten „Pfannkuchen mit Vanilleeis und Schokoladensoße".

Mhm, das war lecker! Danach waren wir „mehr als gesättigt". Wir waren uns wieder einig: „Wir müssen noch einige Zeit spazieren gehen, um Kalorien zu verbrennen und heute Abend essen wir jeder nur ein Sandwich."

Beim Frühstück am Freitag vereinbarten wir, am Vormittag den mit der Barcelona-Card freien Eintritt beim „Museum für zeitgenössische Kunst" zu nutzen. Meine Frau informierte mich: „Es liegt ein paar hundert Meter von der Rambla entfernt. Wir können wieder zu Fuß gehen. Alle paar Monate gibt es dort neue Ausstellungen. Lassen wir uns überraschen, was es aktuell zu sehen gibt."

Vorsichtshalber kreiste Angelika auf einem kleinen Stadtplan von Barcelona den Standort des Museums ein und nahm den Plan mit. Zunächst gingen wir „der Nase nach" und bogen irgendwo von der Rambla ab. Nach einiger Zeit hielt meine Frau es aber doch für sinnvoll, nach Straßennamen Ausschau zu halten und den Stadtplan als Orientierungshilfe zu nutzen. Na, wir hatten uns gar nicht weit verlaufen, waren durchaus noch oder schon in der Nähe des Museums. Als wir dort ankamen, wurden wir etwas irritiert, weil vor dem Haupteingang „Aktivisten für ein unabhängiges Katalonien" demonstrierten. Aha, da wurden wir mit diesem Thema doch noch konkret konfrontiert. Ich sagte: „Wir schauen mal, ob es einen Nebeneingang gibt. Ich möchte bei dem Thema in keine Diskussion geraten." Bald sahen wir, wie eine Frau an der Seite des Gebäudes durch eine Tür hinein ging; wir folgten ihr. Im Gebäude wunderten wir uns darüber, dass wir fast die einzigen Besucher waren. Gelangweilt winkte uns der Mann an der Kasse durch, als wir die Barcelona-Cards zeigten. Wir verständigten uns: „Wir fahren mit einem Aufzug nach oben und arbeiten uns nach unten vor." Nun, im 3. Stock war nichts ausgestellt. Im 2. Stock liefen in verdunkelten Räumen Videos, die uns nicht gefielen, so dass wir diese Etage sehr zügig durchschritten. Im 1. Stock endlich fanden wir „Ausstellungsstücke". Die waren aber überwiegend so „modern", dass ich dafür wohl schon zu alt war: verbogene Löffel und Gabeln wie einst bei Uri Geller, einige verformte Werkzeuge, mir wenig oder auch nichts sagende Skulpturen, unifarbene oder zerschnittene bunte Bildflächen, zusammengeschweißtes Gerümpel und so weiter. Ich befand: „Ich stelle mal wieder fest, dass ich zu Hause viel zu viel wegwerfe; man kann ja alles als Kunst deklarieren." Immerhin sah Angelika einige Bilder von alten Kartenspielen, die sie interessant fand.

Bei anderen Ausstellungsstücken bewertete sie den „künstlerischen Gehalt" höher als ich. Okay, sie ist die Kunstliebhaberin, ich bin der Kunstbanause. Bilden Sie sich an zwei Beispielen Ihr eigenes Urteil:

Im Parterre des Museums gab es dann für mich doch noch einen gut gestalteten Raum - die Toilette...

Zum „Abschied nehmen" spazierten wir nachmittags nochmal durch die Altstadt. Dabei sahen wir einige „Straßenkunst", die mir besser als alles im Museum für zeitgenössische Kunst gefiel:

Abends packten wir soweit wie möglich den Koffer. Am Samstagmorgen frühstückten wir, wie gehabt, ab 08:30 Uhr. Gegen 10:00 Uhr verabschiedeten wir uns von Sergio. Er wünschte uns „alles Gute", wir ihm weiterhin „gute Vermietungen". Im Aufzug nach unten wurde ich nervös; ich suchte in meiner Jacke vergeblich das Etui mit Führer- / Kfz-Schein und dem Personalausweis. Meine Frau und ich waren sicher, dass im Schlafzimmer nichts mehr von uns gelegen hatte. Dann hatte ich eine Idee: „Die Papiere sind wahrscheinlich in der Seitentasche der Hose, die im Regen nass geworden war." Im Erdgeschoss wurde der Koffer geöffnet und durchwühlt. Zwar war dann die gute Ordnung darin durcheinander gebracht, aber das Etui wurde tatsächlich in der Hosentasche gefunden. Meine Frau war erleichtert: „Na, das hätte am Flughafen peinlich werden können."

Zeitdruck war durch diese kurze Verzögerung nicht entstanden. Aero-Busse fuhren am Platz Catalunya alle fünf Minuten ab. Am Samstagmorgen war auf der Strecke zum Flughafen wenig Verkehr, so dass der Bus zügig vorankam. Wir waren gegen 10:45 Uhr, wie von mir vorausberechnet, am Schalter der Lufthansa. Geplante Abflugzeit war 13:05 Uhr - es gab dieses Mal keinen Flughafenstress. Angelika nutzte die lange Wartezeit mit Bummel durch die Flughafen-Shops, zu meiner Freude ohne etwas zu kaufen. Ich suchte mir einen ruhigen Platz, an dem niemand mit seinem Smartphone hantierte und machte mir Notizen für diese Urlaubsgeschichte.

Der Flug nach Düsseldorf verlief ohne Turbulenzen, die Kofferausgabe erfolgte problemlos, auch der Shuttle-Transport zum Hotel. Auf der Fahrt nach Hause hatten wir keinen Stau. Im Internet gab ich ein paar Tage später Sergio eine positive Bewertung: seine Hilfsbereitschaft, die Lage der Wohnung, das Frühstück, der Wintergarten und auch die Nachtruhe waren durchaus lobenswert. Vom Baulärm hatten wir wenig mitbekommen, da wir tagsüber viel unterwegs waren. Den Lärm der im Hof spielenden Kinder hatte Angelika als „Lebensfreude" eingestuft. Bau- und Spiellärm erwähnte ich bei der Bewertung nicht.

Allerdings war es aus meiner Sicht für Mieter sinnvoll zu wissen, dass das im Internet auf mehreren Fotos zu sehende Wohnzimmer von Sergio genutzt wurde; darauf wies ich hin. Als ich mir dann später die Beschreibung der Wohnung nochmal ansah, stellte ich fest, dass in der Einrichtungsliste das Wort Wohnzimmer „durchgestrichen" war. Hatte ich das ursprünglich übersehen oder war auf meinen Hinweis reagiert worden?

Unser Fazit lautete: „Barcelona war die Reise wert!"

+++   Barcelona - Card
+++   Altstadt
+++   CosmoCaixa
+++   CaixaForum
+++   Palau Güell
++(+) Nationales Kunstmuseum Katalonien
++(+) Miro-Museum
+++   Sonnenscheinwetter
+++   Pfannkuchen mit Vanilleeis
+++   Flughafen / Aerobus / Metros
+   La Rambla und Passeig de Gràcia
+   Kaufhaus El Corte Inglés
o   Kathedrale
o   Olympiastadion
-     Museum für zeitgenössische Kunst
-     Arenas de Barcelona
--   Risiko Taschendiebstahl
---   wolkenbruchartiger Regen

Eckhard Duhme

Herbstwanderung

Jedes Jahr am zweiten Sonntag im Oktober bietet unser Tennisclub eine „Herbstwanderung" an. Es nehmen jeweils 40 bis 50 Mitglieder teil, immer nur die „Älteren", aber die sind durchs Tennisspiel ja fit genug. Eine Mitgliedsfrau, die viel wandert, sucht die jährliche Strecke aus, die dann vom Vorsitzenden getestet wird: „Wenn ich die schaffe, ist sie für alle geeignet." Obwohl also zwei die Strecke kennen, ist es „Tradition", dass wir unterwegs an einer Wegegabelung falsch abbiegen und uns somit ein Stück verlaufen. Irgendwie kommen wir aber stets auf den richtigen Weg zurück und finden das Ziel.

In diesem Jahr allerdings wurde mit der Tradition gebrochen. Wir verliefen uns nicht - der Busfahrer, der uns zum Ausgangspunkt bringen sollte, bog falsch ab und fuhr einen kleinen Umweg. Na, das war für uns natürlich eine kräftesparendere Methode. Und es war dieses Mal noch etwas anders. Normalerweise starteten wir mit der Busfahrt und ließen die Wanderung mit einem gemeinsamen Abendessen im Clubhaus enden. In diesem Jahr starteten wir mit einem gemeinsamen Frühstück im Clubhaus. Dabei wurde zur Begrüßung und morgendlichen Stärkung auch schon Sekt angeboten. Im Bus äußerten dann einige: „Oh, ich hätte vielleicht doch besser auf den Sekt verzichtet." Na ja, wer trinkt ihn denn auch sonst schon zum Frühstück? Es bekam unterwegs aber niemand „Sektschwierigkeiten". Der einzige, der an diesem Tag Schwierigkeiten bekam, war ich.

Am Tag zuvor hatte ich meine Wanderschuhe aus dem Kellerregal geholt, prüfend in Augenschein genommen und gut mit Lederspray eingesprüht, da die Wetterprognose für den Sonntag lautete: „Es kann zu Regenschauern kommen." Da es zwei Tage schon geregnet hatte, war „festes Schuhwerk" für die Wanderung umso sinnvoller. Dementsprechend wurde die Tauglichkeit der „Schuhe mit Absatz" einer anscheinend unerfahrenen Wanderin von mehreren in Zweifel gezogen. Recht bald aber sorgte ich für Gesprächsstoff. Nach etwa 3 km begann sich bei meinem linken Wanderschuh die Sohle zu lösen. Gleichlautende Erzählungen, dass anderen so etwas auch schon mal passiert war, waren für mich zwar interessant, aber keine Hilfe. Nach weiteren 500 Metern erklärte sich die Sohle des rechten Schuhs mit der linken solidarisch: „Wenn die sich löst, kann ich das auch!" Was tun? Ich löste bei beiden Schuhen die Schnürriemen zur Hälfte, wickelte diese Hälfte um die Sohlen und Schuhe, knüpfte sie ganz fest zusammen und machte Gehversuche. So kam ich etwa einen Kilometer weiter. Dann folgte, auf regengetränktem Boden, ein recht steiler Abstieg. Der gefiel meinen Sohlen überhaupt nicht; sie klappten, zunehmend beleidigt, vorne nach unten weg. Ich hatte eine neue Idee: Kaugummi kauen, plattdrücken und als Klebemittel zwischen Schuhkörpern und Sohlen nutzen. Der Versuch scheiterte nach ca. 20 Testmetern. Da fiel mir ein: „Wir - meine Frau und ich - haben doch jeder vorsorglich einen Gummistrumpf für den Fall mitgenommen, dass sich jemand unterwegs eine Wadenverletzung zuzieht. Die Strümpfe kann ich doch statt über die Waden über die Schuhe und Sohlen ziehen." Gedacht – getan! Dabei war ich auf die „Ziehhilfe" meiner Frau angewiesen, die das aber fachfraulich erledigte. In der Gruppe um mich herum wurde dann erörtert, ob ich diese Lösung zum Patent anmelden sollte. „Da gibt es doch im Fernsehen so eine Reihe, in der neue, kreative Ideen gezeigt werden." „Ja, Höhle der Löwen heißt die. Dabei werden Geldgeber für solche Ideen gesucht." „Was schaust Du denn alles im Fernsehen? Die Sendung kenne ich nicht. Wo läuft die denn?" „Bei VOX." „Ach so, nee, da kucke ich nicht." „Och, da werden ganz interessante Sachen gezeigt." Tja, beim Wandern gibt es manchen Gesprächsstoff.

Meine Sohlen wurden von den Überziehern jedenfalls überrascht und benötigten einige Zeit, bis sie ihren Ablösekampf wieder aufnahmen. Da kamen wir zu einem Restaurant. Das war zwar nicht als Halte- oder Einkehrstelle vorgesehen, aber meine Frau befand: „Ich frage darin mal, ob die irgendein Klebeband haben." Die erste angesprochene Kellnerin zuckte nur mit den Schultern. Eine zweite sagte: „Neulich hatten wir doch so einen ähnlichen Fall. Ich frage mal die Chefin." Tatsächlich kam die Chefin hilfsbereit mit „selbstklebendem Silberpapier". Sie ließ es sich nicht nehmen, meine Schuhe damit selber zu umwickeln. Die Gummistrumpflösung fand sie dabei sehr innovativ: „Die muss ich mir merken."

Ob sie wohl auch VOX schaute? Meine nun silbern glänzenden Wanderschuhe sorgten für neuen Gesprächsstoff und wurden zum begehrten Fotoobjekt. „Das stelle ich in Facebook ein!" „Bitte nicht, dieser Modestil kommt erst nächste Saison ganz groß raus. Ich bin noch mit namhaften Anbietern in Verhandlungen."

Die Silberpapierverpackung hielt allerdings nur etwa 500 Meter. „Okay, um sie zu vermarkten, müssen offensichtlich noch ein paar Verbesserungen vorgenommen werden." Dann aber hatte ich Glück: Wir trafen auf eine Wandergruppe mit acht jüngeren Frauen. Angesichts meiner etwas schleppenden Gehbewegungen bekamen sie wohl mütterliche Gefühle, wunderten sich über die komischen Überzieher und erkundigten sich „nach dem Übel". Eine Frau hatte eine Rolle Heft-Band bei sich. Damit umwickelte sie kräftig meine Schuhspitzen. Meine Frage, ob ich dafür etwas in eine eventuell vorhandene Kaffeekasse spenden könnte, wurde beinahe entrüstet verneint: „Es ist doch schön, wenn man sich unterwegs gegenseitig helfen kann! Ich habe im Gegenzug Ihre Gummistrumpfmethode kennengelernt." Die sich mir nun aufdrängende Frage, ob ich meiner Retterin denn ein „Danke-Küsschen" geben sollte oder dürfte, ließ ich in Anwesenheit meiner Frau und der weiteren Beobachter der Szene unbeantwortet. Fröhlich winkend marschierten die Wandergruppen in verschiedene Richtungen weiter.

Da ich die Schnürriemen zur Hälfte gelöst hatte und Gummistrumpfüberzug mit Klebeband auch keine idealen Wanderbedingungen schufen, mussten meine Füße beim Bergauf und Bergab auf nassen Wegen doch noch einige Unannehmlichkeiten ertragen. Für „Fußkranke oder Schlappmacher" stand nach sieben Kilometern der Bus zur „Notaufnahme" bereit. Ich war heilfroh, dass ich bis dorthin einigermaßen das Tempo unserer Wandergruppe mithalten konnte. Okay, ich profitierte dabei auch etwas davon, dass ja „nur Ältere" unterwegs waren. Meine Frau und ich nutzten jedenfalls als erste das „Bushilfeangebot". Meine Frau hatte natürlich einfühlsam mitgelitten und freute sich, dass ich es „geschafft" hatte.

Zwei Kilometer weiter war dann die nächste „Busanlaufstation". Die Strecke bis dorthin war offensichtlich recht anspruchsvoll; denn jetzt nutzten etliche erschöpft genug das Fahrangebot. Ich bekam zu hören: „Gut, dass Du da nicht mehr mitgegangen bist; das wäre mit Deinen Schuhproblemen vermutlich sehr schwer geworden." Zwölf tapfere, fitte Wanderer marschierten weiter bis zum Ziel, wie anfangs schon erwähnt, ohne einen Umweg. Als sie im vereinbarten Gasthof ankamen, wurden sie von den anderen Beifall klatschend empfangen. Die eigenen Leistungen wurden dabei aber auch kundgetan: „Wir haben schon zwei Bierrunden Vorsprung!"

Es war, abgesehen von meinen Schuhproblemen, wieder eine gelungene Herbstwanderung. Für mich endete sie mit der mehrmals geäußerten Empfehlung: „Hol Dir fürs nächste Jahr aber neue Wanderschuhe!" Das tat ich schon ein paar Tage später; in einem Sportgeschäft gab es welche „im Sonderangebot 40 % günstiger". Als ich der Verkäuferin meine Sohlengeschichte schilderte, fragte sie: „Wie alt waren die Schuhe denn?" „Das weiß ich nicht genau, so etwa acht oder zehn Jahre." „Ach so, Wanderschuhe sollen nach etwa sechs Jahren erneuert werden. Das ist wie bei Autoreifen, die Sohlen unterliegen einem Alterungsprozess." Ich frage mich jetzt, ob die 6-Jahre-Regel auch bei Sonderangeboten gilt.

Beim *tredition® - Verlag* gibt es von Eckhard Duhme

Mir passiert so etwas doch nicht - Band I
Erlebnisse während einer Reise 2011 nach Portugal
Urlaubslektüre, 104 Seiten, 8,00 €

Mir passiert so etwas doch nicht - Band II
Erlebnisse während einer Reise 2012 zur Costa Blanca
Urlaubslektüre, 100 Seiten, 9,80 €

Mir passiert so etwas doch nicht - Band III
Erlebnisse während einer Reise 2013 an die Costa del Sol
Urlaubslektüre, 104 Seiten, 9,80 €

Wenn jemand eine Reise tut, so kann er was verzählen
Erlebnisse während einer Reise 2016 nach Sardinien
Urlaubslektüre, 112 Seiten, 11,50 €

14 Tage Sizilien (Ostküste)
Erlebnisse wärend einer Reise 2017
Urlaubslektüre, 104 Seiten, 12,00 €

Augen zu und durch
Renovierungserlebnisse, 120 Seiten, 9,80 €

Mein Gott!! Es ist doch nur ein Spiel!!
Tenniserlebnisse, 144 Seiten, 10,00 €

Erstens kommt es anders und zweitens als man denkt oder Fieber in Stralsund
Krankenhauserlebnisse, 70 Seiten, 7,90 €

Björn
Roman, 678 Seiten, 35,00 €
Erzählt wird das Leben eines Jugendlichen in den sechziger Jahren des zwanzigsten Jahrhunderts, einer Zeit, in der es weder PC noch Handy, SMS, i-Phone oder Play-Station, nicht einmal schnurlose Telefone gegeben hat. Interessant ist das Leben in der Zeit trotzdem gewesen – oder gerade deshalb?

Eckhard Duhme ist 1947 im westfälischen Hagen geboren und dort aufgewachsen. Nach dem Abitur ist er 2 Jahre bei der Bundeswehr gewesen. Danach hat er 4 Jahre in Münster Jura studiert. Nach 2 ½ Jahren Referendarzeit hat er 1975 das 2. juristische Staatsexamen bestanden. Dann hat er 35 Jahre in einem Chemiekonzern in leitenden Funktionen gearbeitet.

Im Berufsleben hat er unzählige Texte verfasst. Oft ist ihm lobend gesagt worden: „Sie könnten auch Schriftsteller sein." Das ist er seit 2010 als Rentner. Schreiben ist für ihn ein unterhaltsames und spannendes Hobby: „Wenn meine Texte auch anderen Menschen Freude bereiten, ist die aufgewendete Zeit sinnvoll gewesen."

Zeitfracht Medien GmbH
Ferdinand-Jühlke-Straße 7
99095 Erfurt, Deutschland
produktsicherheit@kolibri360.de